pirar quando isso acontece com você. Acho que a gente ter a família e os amigos... esses poucos amigos que continuam com a gente até hoje estão aí para nos lembrar de onde a gente veio. A vida não é só glamour, TV, rock'n'roll. São os amigos, os parceiros, o vídeo game... Para todos nós, a família sempre foi muito importante.

Pe Lanza - Esses dias eu fui na lanchonete aqui embaixo, aqui na avenida. Aí eu encontrei um garoto que estudava com o Pedro Lucas e um outro que estudava comigo. O moleque ficou meio emocionado, sabe? É estranho quando a gente não vê alguém por um bom tempo. Eu não via esse cara desde que tinha uns 15 anos, e ele estudou com a gente por um tempão. Quando isso acontece, eles ficam meio assim: "Caramba, você está diferente". Mas não estou diferente, quer dizer, estou tão diferente quanto ele.

AMIZADES

Thomas - A gente tem sorte. Várias bandas saem de Curitiba para vir morar aqui, aluga uma casa grande, mora todo mundo junto, mas sem a família. Para nós foi bom porque passamos muito tempo juntos. A gente se via muito mais do que via a nossa família, mas a gente saía desse trampo, ia para casa, via a mãe e o pai e ficava tranquilo. As bandas que não são de São Paulo sempre voltam para casa e está todo mundo lá junto, dentro do palco e fora dele. Isso deve dar uma pirada. Às vezes a gente precisa ficar no nosso quarto, sozinho. A gente teve muita sorte mesmo. Todo mundo mora em São Paulo, tem os pais e tudo mais.

FAMOSOS E FAMOSAS

Pe Lanza - A maioria dos nossos amigos não famosos pede para conhecer o Neymar: "Meu, eu vi que você é amigo dele...". Quando o assunto é futebol, eu acho que os caras ficam meio deslumbrados, principalmente quando a gente revê os amigos.

Thomas - As nossas mães também pedem. A minha pedia para pegar autógrafo de todos apresentadores. As nossas mães até foram em um dos programas, e levaram toda a família.

Koba - E no dia do programa eu dei um fora com a minha mãe. Ela é diretora de um colégio e, no dia da gravação, ela não podia faltar no trabalho. Mas todos os pais iriam estar lá, era um momento importante. Então, ela falou no colégio que não ia poder ir, que estava doente e tal. Quando chegou no programa, o apresentador perguntou: "Vocês têm contato próximo com a família?". E nós respondemos: "Temos, até trouxemos nossos pais aqui hoje". E eu falei: "Até a minha mãe que faltou no emprego para estar aqui hoje". E ia ao ar no mesmo dia. E, claro, nessa hora, a câmera filmou bem a cara dela, meio envergonhada. Mas ela não teve problema no colégio.

Pe Lanza - A gente, por outro lado, também sempre quis conhecer várias pessoas, sempre teve os nossos ídolos. O primeiro prêmio em que a gente participou foi o Multishow – onde, inclusive, a gente ganhou na categoria de melhor música. Lembro que estava eu e o Thomas passando pelos bastidores logo depois de ter ganhado o prêmio. Tinha umas comidas japonesas, aquelas sopas, sushi, enfim, e eu falei: "Thomas, vamos comer um negócio ali e ver algo para beber?". A gente entrou na fila e, quando eu olho para o lado, estava o Samuel Rosa comendo, tranquilo, ali tão perto de nós. Poxa, eu gosto muito do Skank, sempre fui muito fã deles. Falei pro Thomas: "Nossa, olha o Samuel Rosa ali comendo, cara! A gente está bem pertinho do cara, na mesma festa". E ele começou a olhar para mim e para o Thomas: "Cara, ele está olhando para cá". E eu falei: "Não, não tá não". Aí ele fez um sinal pra gente ir lá falar com ele e fez um joia. A gente foi lá, claro, e ele ainda deu parabéns pra gente pelo prêmio. E foi mais ou menos assim com vários artistas que a gente conheceu. Com a galera do Jota Quest também foi muito legal.

Thomas - E, no dia, eu estava de calça roxa e ele falou: "Poxa, não liga para esses caras que ficam falando de vocês aí, bola pra frente".

Pe Lanza - Em todos esses prêmios, a gente conheceu uma galera. Foi incrível mesmo.

Koba - A gente foi há pouco tempo para Los Angeles e Hollywood receber o prêmio de "artista brasileiro favorito" no Kids' Choice Awards. Eu me lembro que, nesse dia, sem saber muito bem como, a gente conheceu o Travis, antes de começar o evento. O cara veio, trocou a maior ideia com a gente, falou "parabéns pelo trabalho" e ainda pediu um disco falando que queria ouvir. O Travis. O cara do Blink 182, que a gente escutou a vida inteira. A gente conheceu também o Adam Sandler, eu fiquei em choque. Quando acabou a premiação, a gente saiu do palco e estava entrando ali nos bastidores. Naquela hora, o Pedro Lucas falou: "Mano, olha a Taylor Swift ali". Eu sou muito fã, meio que piro nela e a gente estava aqui, e ela ali, com oito seguranças do lado. Eu travei e fiquei. A vi de perto, mas não consegui nem falar "oi".

De carona com RESTART

A Restart foi criada em 2008 e, de lá para cá, os meninos não pararam de fazer sucesso. Em 2009, a banda estourou na Internet e ganhou o disco de ouro com o álbum *Restart*. Em 2010, saiu como a maior vencedora do prêmio musical VMB, nas categorias "Revelação", "Pop", "Artista do Ano", "Hit do Ano" com *Levo Comigo* e "Videoclipe do Ano" com *Recomeçar*.

RE

O sucesso não parou por aí. Em 2011, a Restart ganhou o prêmio DVD de ouro certificado pela ABPD com o DVD *Restart - Happy Rock Sunday*. E, em 2012, a banda recebeu o prêmio de "artista brasileiro favorito" no Kids' Choice Awards. Com o álbum *Geração Z*, já conquistou fãs pelo mundo todo em shows, prêmios e programas de rádio e televisão internacionais. Com tanta novidade, de repente, quase do dia para a noite, Pe Lanza, Koba, Pe Lu e Thomas viram sua rotina se transformar. Como os meninos fizeram para se adaptar a tanta coisa nova? Shows? Viagens? Alimentação? Malas? Novos amigos? Trabalho? Família? Namoradas? Fãs? Inspirações para compor as músicas? Vida fora dos palcos? É, parece que além de sucesso e glamour, eles têm muita coisa para contar... Ficaram curiosos? Então, não deixe de ler as próximas páginas!

START

SUMÁRIO

DIA A DIA: MUDANDO A ROTINA

ADAPTAÇÃO

Pe Lu - Assim que a gente começou a fazer sucesso, eu lembro que cada um teve uma reação diferente. Por exemplo, a gente não conseguia nem sair com o Koba, porque ele ficou meio assustado. Então, a gente não saía. Acho que todo mundo teve essa fase porque tudo aconteceu do nada. A gente estava acostumado a ir ao shopping, a sair com os amigos, tomar um café ou ir a um barzinho, e, de um momento para o outro, quando a gente sentava num lugar, só ouvia os comentários: "olha, não é o cara da tv?", "o cara da calça colorida?".

Pe Lanza - Os seguranças ficavam meio bravos comigo. No começo, a gente terminava os shows e ia para o meio da galera, via as outras bandas que iam tocar. E quando as coisas foram começando a crescer – muito rápido –, às vezes, a gente achava que podia fazer as mesmas coisas que fazia antes, mas não dava. Ficava querendo sair, mas tinha que ficar dentro do camarim. Foi se acostumando com as coisas dia após dia, mas era tudo muito novo, então a gente ainda não sabia como funcionava: "será que a gente é famoso?". Era meio estranho.

Koba - Eu lembro que fiquei meio preocupado demais. Como a gente viajava muito, tinha três seguranças que andavam com a banda 24 horas por dia, pois eram os caras que iam e organizavam tudo. A gente chegava em uma cidade, não dava para ir ao shopping. Eu não conseguia fazer nada sem que o segurança falasse "pode ir ali". Eu fiquei meio dependente do segurança. Se o nosso segurança não falasse "você pode ir ali", eu não ia. Eu fiquei com medo. Não dos fãs, claro, mas com medo do que estava acontecendo, porque as pessoas ficavam sempre olhando. Então, eu não conseguia sair sem que o segurança estivesse junto falando "você vai por ali, você não pode ir ali".

Pe Lu - Com a Restart apareceu um monte de amigo novo.

Pe Lanza - Os amigos de antes continuam próximos. São os verdadeiros desde sempre. Conhecemos muita gente nova, mas mantemos contato com os amigos de antes. Mesmo na época que era muito corrido, a gente se falava pelo telefone. Principalmente porque quando a gente começou essa correria forte, a gente estava no terceiro ano do ensino médio. Então, como a gente estava saindo do colégio, a gente mantinha muito contato, para saber o que rolava também, saber como estava a galera. Até hoje a gente se reúne, pega uma balada ou se encontra na casa do Koba. Em geral fica junto, conversando, procura saber da vida dos outros também. Não é só a nossa vida que mudou. Eles estão estudando e fazendo várias coisas. Por outro lado, acho que a gente conheceu muita gente nova. Principalmente as pessoas que trabalham com a gente, a galera da nossa equipe, todo mundo se tornou muito amigo. E esse pessoal que começou trabalhando com a gente é o mesmo que estudava com a gente, com quem ia para o colégio. Foram os primeiros fãs-amigos. Eles ajudavam, montavam o palco junto com a gente. Sempre tivemos uma relação de família com amigos, muito próxima mesmo.

Pe Lu - Acho que, no começo, os amigos, as amigas e a família, principalmente quando deu esse *boom*, ajudaram muito a manter a gente com o pé no chão, porque a gente viajava durante muito tempo, vivendo uma realidade que ninguém consegue entender como é. A gente viajava sempre nessa posição de artista: chegar na cidade e ter hotel, gente fazendo as coisas para você, seguranças. A gente voltava para casa meio loucão. Loucão no sentido de: "cadê toda essa estrutura?". Acho que os pais e os amigos são uma galera que conhece a gente de outra história. Eu me lembro de que era legal, porque eu chegava e os amigos não tinham noção do que estava acontecendo. Você chegar em casa e ter que lavar uma louça, logo depois de você passar 20 dias na estrada com todo mundo levando até seu casaco, seu celular, controlando seus negócios... isso dava um equilíbrio para a gente não pirar, porque não tem como você não

Pe Lanza - A gente foi uma outra vez a uma balada no Rio de Janeiro. Essa balada a gente curtiu do lado dos caras do LMFAO. Eles estavam tocando na balada e teve uma hora que eles entraram no camarote e ali, do nosso lado, e são uns caras que a gente curte pra caramba, que a gente gosta mesmo. Então, a gente conheceu vários artistas.

Thomas - Até atrizes. A nossa reação foi: "Meu, elas existem mesmo". Até o pessoal que a gente via na televisão quando era pequeno, essa galera das antigas que a gente fica impressionado de ver que são de verdade. E a gente ainda gravou com vários deles.

Koba - Teve um programa de férias que fizemos com um humorista. Nas gravações estava sempre todo mundo rindo. Eu me lembro que era a maior bagunça.

Pe Lanza - O pessoal errava o texto de propósito para todo mundo dar risada. Foi sensacional.

Koba - Eu me lembro quando a gente foi em um programa de auditório pela primeira vez. Nossa, a gente estava nervoso e o apresentador começou a conversar com a gente e perguntou: "Qual é o nome dos pais de vocês, como eles se chamam?" Ele apontou para mim, eu tava tão nervoso que, na hora, me deu um branco. E ele de novo: "Qual é o nome do seu pai e da sua mãe?" E eu pensando: "Nossa, eu preciso me lembrar do nome do meu pai e da minha mãe." Eu fiquei uns dez segundos assim, aí me lembrei, eu estava bem nervoso.

Pe Lanza - E aconteceu outra boa nesse programa. Na hora em que a gente foi se apresentar, perguntaram: "De que banda vocês gostam?" Respondemos: "A gente gosta de várias bandas". E ele continuou: "De que banda brasileira vocês gostam?". Falamos Skank e ainda completei falando de bandas de reggae e dos Paralamas. Então, o apresentador não teve dúvida e falou: "Toca um Paralamas aí". E eu falei: "Vamos lá". A gente tocou e foi legal pra caramba.

RELAÇÃO COM A INTERNET

Thomas - O mercado do CD praticamente acabou. Mas, mesmo assim, os nossos fãs amam ter tudo da gente. Se tem um pôster eles vão querer. Com o CD é a mesma coisa, tem o próprio encarte. Eu particularmente gosto de comprar CD e eles também. A gente, quando está na estrada, sempre para e compra porque a gente gosta de ter. Nossos fãs são apaixonados e sempre tiveram essa parada de: "Ah, eu quero ter, CD novo promocional com camiseta, eu quero ter tudo da Restart". Entendeu? A gente deu essa sorte de os nossos fãs serem bem fiéis.

Pe Lanza - E o público que a gente conquistou na internet é o que a gente conquistou também quando começou a tocar. Como a gente tinha essa relação muito próxima, sempre foram muito fiéis. Então, quando a gente lançava algum produto novo na nossa loja, a galera já ia lá e bombava para divulgar, bombava de vendas. E acontecia o mesmo com os discos. Foi assim com o DVD e com o nosso primeiro disco. Inclusive, no nosso primeiro disco as músicas já não eram inéditas porque elas tinham vazado na internet. Mesmo assim, a gente conseguiu disco de platina, 130 mil cópias. E boa parte disso foi por causa de músicas que já eram conhecidas por causa da internet. Os nossos fãs são extraordinários, graças a Deus tudo o que a gente tem lançado tem feito muito sucesso e espero que isso só se multiplique.

ROTINA

Pe Lu - A gente não tem muito tempo para ensaiar. Então, a gente concentra os ensaios quando a gente troca o show e o repertório. Mas, normalmente, a gente não ensaia porque tem entre oito e dez shows por mês, então a gente toca o show toda semana. Fora os shows, a gente se encontra toda quarta-feira, das 8 da manhã às 22 horas, para gravar o nosso programa. E sobra o resto da semana pra gente fazer rádio, televisão, entrevistas, capa de revistas, etc. A nossa rotina é sempre assim: em dia de semana tem sempre que divulgar o nosso trabalho e, no final de semana, a gente está tocando. No tempo livre que a gente tem, normalmente, estamos juntos. Se não estão os quatro, está sempre dois ou três. Agora que a gente está morando sozinho a gente sempre vem pra casa do Koba ou vai para a minha casa junto com os amigos.

Thomas - Estamos mais caseiros. A gente saía mais, agora nós ficamos mais em casa mesmo, tranquilo, fica assistindo filme, chama os amigos.

COMPONDO

Pe Lu - No primeiro disco, a maioria das músicas eu acabei escrevendo com o Koba, mas sem um motivo especial. Na verdade, o disco nasceu meio de sopetão, a gente estava começando a tocar como banda. Então a gente já tinha feito umas 3, 4 músicas de outras bandas. Eu me lembro que o Guto Campos, que hoje é o nosso empresário, mas que naquele momento ainda não era, ligou um dia para mim e falou: "Se vocês quiserem gravar um disco eu vou escutar as músicas que vocês têm aí para me mostrar". Isso era no período de férias. Na segunda semana de janeiro, eu me lembro que eu surtei porque a gente tinha só três músicas e estava muito longe de ter um disco, e os meninos tinham viajado. Aí o Koba estava em São Paulo, a gente não ia viajar, eu liguei para ele e falei: "Meu, a gente precisa fazer umas músicas porque lascou". A gente sentou uma semana e fez acho que 20, 25 músicas, e daí a gente mostrou para o nosso empresário e acabou que ficaram 10 músicas dessas 25. Acho que, nesse momento, a gente criou um lance que é legal: eu componho uma parte, mostro pra ele e sempre tem umas ideias que são legais e que complementam. Quando ele tem alguma coisa e está faltando uma frase, ele também me mostra e tudo acaba se encaixando. Então a gente acabou criando uma parceria na necessidade. Já no *Geração Z*, os meninos também têm músicas deles. O legal é que, mesmo que cada um componha sozinho, ou que eu componha com um ou outro, a finalização, quando vai para o estúdio, a gente faz junto. Todos participaram da produção de todos os discos e do DVD, e acho que isso que dá a cara da banda. A gente compõe música sertaneja. Então, o que dá a cara da Restart é quando nós sentamos e vemos isso juntos. Além disso, nós somos três vozes, três pessoas que cantam, isso já dá um diferencial, e a bateria do Thomas também é um lance muito único. É assim que o negócio é feito. É legal quando a gente vai para o estúdio e decidimos quais músicas vão entrar. A gente senta e começa a trabalhar no arranjo que não é nem a parte da composição mas que aí o legal é que todo mundo traz uma influência diferente. Eu me lembro, que durante a produção do *Geração Z*, os meninos estavam escutando pra caramba umas coisas das antigas, tipo Blink 182, Foo Fighters. Então eles trouxeram pra caramba isso, e eu e o Koba estávamos numa pilha de escutar uns cantores country, o Keith Urban, a Taylor Swift e o Brad Paisley, ou seja, era uma outra vertente. Quando você escuta o *Geração Z* é legal, porque tem de tudo, tem reggae e tem um monte de coisa, tem músicas que são mais pegadas mas que nem aparecem tanto no disco. Ou seja, o interessante mesmo é essa troca musical. É bacana porque um acaba acrescentando algo na visão de música do outro: "Por que você não escuta isso aqui?". "Poxa, legal, e por que você não escuta essa guitarra?". "Legal também. E se a gente juntasse?". Isso é bacana.

Thomas - E, assim que a gente fecha as músicas, mostramos para o nosso empresário.

Pe Lu - Isso. Mostramos para o Maynard, nosso empresário. Durante um bom tempo, ele foi presidente de gravadoras e, antes disso, foi diretor artístico. Ele sempre escolheu músicas. Deve ter sei lá quantos anos e quantas décadas de experiência em fazer hits. É um cara que escuta dez segundos de uma música e sabe se a música é boa. Eu me lembro que *Levo comigo* foi a nossa segunda música de trabalho, mas era uma música que nenhum de nós quatro botava tanta fé. Quer dizer, tinha umas oito músicas que a gente achava mais legal no disco. Ele falou: "Vai ser *Levo comigo*". A gente: "Poxa, chefe. (a gente brinca assim com ele) Poxa, chefe, por que *Levo comigo*? Tem essa outra que é mais legal. Porque não essa outra, então? Tem essa aqui também...". E ele: "Não, *Levo comigo*", e foi a música que tipo mudou a nossa vida. Tem umas coisas que é experiência, não adianta, por mais que a gente

entenda de música, que a gente tenha os nossos gostos pessoais, ele tem o lance de ouvido e de mercado. E a gente confia: mostra umas trezentas músicas e ele fala: "São essas dez aqui". No último disco a gente até deu mais pitaco: "Poxa, mas essa aqui é legal, troca essa..".. E ele é superaberto, escuta pra caramba. Mas ele tem muitas sacadas assim: "Essa música é boa nesse momento porque ela vai criar essa história..".. E sempre acontece o que ele fala.

Koba - A gente sempre mostra as músicas pro Maynard, para haver uma escolha já voltada para o que vai entrar em um disco e para o que vai ser música de trabalho. Ele tem esse pensamento voltado também para o *business*. É um cara muito apaixonado pela música, mas que sente também o que é legal de entrar em um disco e o que não é legal. Sem dúvida, tem muita música que não entra em um disco, tem músicas minhas que nunca entraram e músicas do Pe que também não, mas que para nós têm um significado bastante importante. Por exemplo, sempre que faço uma música, mostro na sequência pro Pe Lu e para um amigão nosso, um dos primeiros caras a trabalhar na Restart, o Didio, e o nosso trabalho é o mesmo com todas as músicas. Teve uma época da minha vida em que eu travei, não conseguia mais escrever. Eu compunha as músicas com o Pe Lu, mas eu só entrava com harmonia, porque eu não conseguia escrever de jeito nenhum. Agora estou meio que me redescobrindo no modo de compor. Sempre fui meio introspectivo e nunca consegui falar muito de coisas minhas, então todas as músicas que eu compunha falavam de outras coisas ou de outras pessoas. Mas agora estou começando a escrever coisas mais íntimas. E tenho mostrado isso para quem teve a ver com a história que estou escrevendo, que participou da história. Eu falo: "Você se lembra daquela história? Ouve essa música e vê o que você acha". Não necessariamente é uma música que vai entrar em algum disco, mas é uma música que significa muito para nós. E essas músicas ficam guardadas, muitas vezes.

Pe Lu - Teve uma época que nós resolvemos escrever umas músicas para um sertanejo: "Meu, vamos escrever umas músicas para outras pessoas". Escrevemos umas vinte músicas – uma delas até entrou no *Geração Z*. Escrevemos pensando em outro lance e acabou ficando uma música muito bacana. A gente também deu uma para uma dupla de amigos nossos que está lançando um disco, mas a maioria está guardada. Muitas vezes você faz uma música e fala: "não tem nada a ver" e dali seis meses aparece um negócio e você escuta de novo e pensa "poxa se eu der uma mexida aqui...". Acho que composição eu aprendi com o tempo e acho que, assim como escrever, é prática. Teve até uma entrevista com o John Mayer em que ele disse: "Eu estava travado. Então decidi que ia me internar". Acho que ele passou três meses escrevendo qualquer coisa: "Vou compor uma música por dia". E depois falou: "Eu compus muita música ruim, mas dentro dessas eu compus um disco que, poxa, eu gosto muito e que todo mundo curtiu bastante".

Pe Lu - Esse CD foi o *Born and raised*, que, para mim, é um dos melhores. Mas acho que a composição é meio esse lance: você tem que ser insistente, porque você vai melhorando e não é só inspiração. É como escrever um texto: se você ficar escrevendo e escrevendo, uma hora você vai ter um texto ótimo. E talvez isso aconteça e você nem esteja particularmente inspirado, porque as pessoas têm essa mania de achar que a criação artística está sempre ligada com um grande momento. Não, arte é como qualquer trabalho, se você ficar lá escrevendo, escrevendo, e fizer uma, duas, três, escutar bastante, uma hora sai al-

guma coisa que é legal. A história da música *Menina Estranha* é geral. Não aconteceu especificamente com alguém aqui. Isso meio que já aconteceu com nós quatro e é uma música com a qual todo mundo se identifica, porque conta a história de quando você gosta de alguém que não tem nada a ver com você, que não curte nenhuma coisa que você curte, não gosta de comer nada que você come, não gosta da roupa que você usa e você não gosta da roupa dela — só que vocês ficam juntos, é bem legal e pode dar certo ou não. É uma história muito genérica, não tem uma pessoa que nunca passou por isso.

Koba - E foi em uma época em que eu estava realmente curtindo uma mina que fazia faculdade. Eu fiquei com o refrão falando disso na cabeça. Anotei no celular e falei para o Pe: "A gente tem que terminar essa". Eu tinha somente o: "Ela não gosta da minha...". Não conseguia fazer mais nada além disso. Eu falei: "Não, vamos terminar essa música", mas a gente fez. Acho que com a música *Minha Estrela* também foi assim para o Pe Lu. Tem músicas que a gente faz a partir de várias histórias que, juntas, viram uma só. A gente faz as músicas falando de várias situações que já aconteceram. Em *Minha*

estrela, nossa nova música de trabalho, a gente fala sobre aquele amor que se reencontra depois de muito tempo. Quer dizer, aquele amor que já rolou no passado e que, quando se reencontra de novo, parece que volta tudo como se você voltasse no tempo. Essa música eu fiz para uma pessoa especial na época e a música passa isso mesmo. Quando você ouve é uma música muito íntima: a letra dela é muito literal, ela fala exatamente e não tem como você interpretar de outra forma porque foi uma música muito direta. Mas algumas outras acabam não sendo assim tão claras, depende muito.

CRÍTICA

Pe Lanza - No começo, a galera sempre vai apedrejar.

Pe Lu - Acho que a gente chegou num ponto em que descobriu que essas pessoas que criticam sem uma base criticam por criticar. Independente do que a gente faça, lance disco ou não, apresente programa na TV, toque, cante e dance, não interessa... Vão sempre arrumar um modo de transformar tudo isso em uma coisa ruim. Por isso, desencanamos um pouco. E até acho que gostamos de escutar críticas que são construtivas, que nos dizem alguma coisa que possa melhorar o nosso trabalho. Agora, com o programa, muita gente vem sugerir o que devemos mudar, o que não ficou legal, o que precisa melhorar. E, musicalmente, é a mesma coisa, a gente sempre ouve as críticas que acrescentam alguma coisa boa ao nosso trabalho. Mas aquela crítica que vem sem embasamento ou que é feita por pessoas que nem se dão ao trabalho de conhecer o que fazemos, isso não faz diferença na verdade, porque são pessoas que vão passar a vida delas criticando... E, hoje em dia, isso fica ainda mais evidente com o Twitter e o Facebook, e até vira profissão: o chato.

Thomas - Funciona mais ou menos como futebol: se o cara gosta da Pitty, por exemplo, a Restart não vai ser nada, vai ser ruim. E isso nunca acaba, porque ninguém agrada todo mundo sempre. O que interessa é que se existe crítica significa que estamos seguindo o caminho certo e que está tudo bem, sempre podendo melhorar.

MICOS

Thomas - Um dos grande micos foi já ter parado o *playback*. Esse foi o mais recente e virou notícia.

Pe Lanza - Nesse dia parou e o Thomas puxou a percussão. A gente foi cantando outras músicas em cima.

Koba - Eu já dormi em programa ao vivo. Dormindo com a guitarra mesmo.

Pe Lu - O Koba já caiu em estúdio entrando na escada.

Koba - A gente foi tocar em um programa de TV e, assim que o apresentador chamasse a Restart, a gente entrava por uma escada não muito alta, mas meio estreita, e descia em grande estilo. Aí, ele chamou a gente e, na hora de entrar, não sei o que eu fiz, tropecei e rolei escada abaixo com o violão. Fui de cara no chão. A sorte é que era gravado e não foi para o ar.

Pe Lanza - Uma vez, acabou a força no meio de um show. Foi no primeiro reality que fizeram com a gente e por isso tá tudo gravado. No meio do show, acabou a luz do nada... A gente tava na segunda música. Tinha umas 17 mil pessoas lá e, na hora, a gente até saiu do palco, meio assustado. Mas retomamos quando a luz voltou.

Koba - Para a participação em um programa ao vivo, que era bem cedo, a gente chegou no estúdio às 6 horas da manhã. A gente tocou a primeira música e tudo bem, mas teve uma hora que um dos apresentadores foi fazer uma comidinha e ficou lá cozinhando por um tempo. A gente estava no estúdio, mas não estava aparecendo, aí eu dormi com a guitarra, em pé. Ao menos isso não foi para o ar porque, na hora que voltou para nós, os caras já tinham me acordado.

CAMARIM

Thomas - A nossa equipe já está tão acostumada, é tudo tão automático, que a gente já nem tem mais o que exigir no camarim. Antigamente, a gente pedia uma série de coisas, escolhia juntos. Mas, hoje, quando a gente chega e sai do ônibus, já tem a galera que sai antes e vai fazer *check-in*, já vem o segurança e leva as malas, no elevador a gente já conversa sobre o horário do almoço, a hora que vamos sair. Todos esses detalhes são tão automáticos para a nossa equipe que a gente nem se preocupa em pedir mais nada para o camarim. A gente prefere nem opinar muito porque senão acaba atrapalhando a galera. Como tem muita gente na equipe, a gente deixa eles levarem do jeito deles.

Pe Lanza - E, como o camarim é o lugar onde a gente fica naqueles momentos logo antes do show, o pouquinho tempo que a gente tem, essa uma, uma hora e meia antes de entrar, a gente tem lá coisas pra comer, para fazer um lanche. Sempre tem sanduíche natural, presunto e queijo, além de chocolate e bala – essas besteiras a gente gosta pra caramba –, chiclete etc. A gente transformou o nosso camarim em uma pequena *house party*. Compramos umas luzes e temos também um *case* nosso. E este não pode faltar, esse a gente faz questão. Levamos para todos os lugares para os quais a gente viaja. Ele tem um som, é gigante, quase do meu tamanho. Então fazemos uma festinha nossa pra gente ficar meio descontraído e também para poder se concentrar para o show.

Pe Lanza - Antes de entrar, a gente sempre faz uma oração. Acho que sempre tentamos passar boas energias um para o outro. Mesmo que às vezes um esteja mais nervoso, a gente passa boas energias e é um momento de união. Se tiver uma pessoa lá esperando a gente tocar ou se tiver um milhão, temos a mesma motivação. Tocamos porque gostamos e porque a gente curte ficar junto, então vamos nos divertir e fazer a galera se divertir também, seja quem for que estiver lá embaixo.

Koba - Uma coisa que não pode faltar no camarim, algo que a gente leva sempre, é esse *case* que o Pe falou, porque não pode faltar música. Todas as vezes que a gente chega ao camarim coloca uma música para relaxar. A gente viaja com uma superaparelhagem de som e com umas luzes para deixar o camarim mais aconchegante. Sobre as comidas, o que não pode faltar é muita bala, doce, guloseima, tem muito disso, chocolate pra caramba, tem muita besteira, foi sempre assim.

Pe Lanza - E a gente gosta de tudo, então a música que escolhemos para tocar no camarim depende muito do nosso ânimo no dia. Tem dia que a gente está animado, que a gente ouve música eletrônica, tem dia que ouve um popularzão, uma coisa mais violão, música de praia.

Pe Lu - A gente ouve de tudo mesmo.

Thomas - Até funk, por exemplo.

Koba - Porque eu acho que música é momento. Tem momentos que tem um monte de gente no camarim, então a gente põe um eletrônico ou um funk para todo mundo dançar, e tem momentos que a gente quer relaxar um pouco antes do show, então a gente coloca uma música mais calminha.

Pe Lu - E o camarim é legal também porque, nessas, eu já descobri discos novos, um CD legal, um artista bacana. É o momento de a gente conversar: "Olha, você já escutou o disco novo do cara X?". A gente coloca lá, escuta, é um momento meio de troca musical também.

Koba - Na turnê de 2010, tinha dois discos que a gente não aguentava mais escutar, porque em todos os shows nosso produtor colocava. Eram dois discos que ficavam no *case* e, sempre que a gente entrava, no camarim estava tocando. Era o da Taylor Swift, que eu tinha levado para lá, e do Justin Bieber.

Pe Lanza - A gente chegava até a ficar triste de ouvir esses CDs.

HORAS VAGAS

FOTOS E VÍDEOS

Koba - Eu sempre tiro foto dos lugares que a gente vai, mas eu tenho também muito vídeo, eu filmo tudo o que a gente faz. No meu computador tem muita coisa da gente viajando. Tem o nosso vídeo em Los Angeles, muito legal. Eu faço geralmente um clipe e um resumo de tudo. Todas as viagens que a gente já fez na vida eu tenho filmado.

Thomas - De repente, mais para frente, daqui a uns cinco anos, quem sabe a gente não faz um documentário com tudo? Aí iam ser bem úteis todas essas coisas.

FILMES

Pe Lu - Eu só não gosto de filme de terror. Eu não assisto. Nem se você me pagar muito dinheiro eu não assisto.

Thomas - Eu também não.

Pe Lanza - Não durmo.

Koba - Eu gosto muito de romance besta. Só tem isso: filme de mulher.

Pe Lanza - A gente assistia muito *Two and a half men*. A gente levava as temporadas e assistia muito nas viagens. A gente até se juntava para assistir.

Koba - O tipo de filme que eu mais gosto é o de catástrofe. Filmes em que acaba o mundo, os ETs invadem tudo... Esses filmes são os que eu mais gosto de assistir. Mas já assisti uns que são muito ruins. O *Prometheus*, por exemplo, eu não gostei nem um pouco. Quem dirige é o Scott, que é um grande diretor, mas eu não sei o que ele fez nesse filme...

Pe Lu - O melhor filme a que eu assisti nesses dias foi *Os vingadores*. É SEN-SA-CIO-NAL!!!

Koba - O *MIB* também é muito bom.

Pe Lu - O *MIB* é sensacional.

Thomas - Meu tipo de filme predileto é comédia. Eu gosto de dar risada. Não gosto de filme que não me prende muito, porque eu acabo dormindo. Mas um suspense, uma ação, que tem tiroteio, é da hora.

Pe Lu - Leonardo di Caprio tem feito uns filmes legais, um atrás do outro.

Koba - Scorsese tem feito muitos filmes com ele. Ele é um dos diretores que eu curto para caramba, porque ele brinca com a mente de quem está assistindo. Isso que é legal.

Koba - *Ilha do medo*, *Os infiltrados*... têm um roteiro sensacional. Ele tem o *Gangues de Nova York,* que também é com Leonardo di Caprio. *Ilha do medo* é um dos filmes que eu mais pirei nesse ano. Um dos filmes que eu mais curto de todos.

Pe Lanza - Tem uns filmes bobinhos que eu gosto também. *O Show de Truman*, eu acho muito legal. É bonito pra caramba. Muito da hora. Tem também *Pulp fiction*, que eu assisti faz pouco tempo, faz uns cinco meses. Tinha achado o filme muito legal, as histórias das gangues, o jeito que eles mostram essas paradas de droga.

Koba - Tem um filme que foi feito aqui no Brasil, que se chama *Tarantino's mind*, um curta com Selton Mello e Seu Jorge. É uma tese sobre todos os personagens do Tarantino. Ele pega desde *Cães de aluguel* até o *Kill Bill*. São todos os filmes de Tarantino em uma história só. Esse curta é demais, mostra que todos os filmes do Tarantino são um só, uma continuidade. Tanto que ganhou prêmio, foi traduzido para o inglês. Os caras piraram. Eu sou muito fã do Tarantino!

INSPIRAÇÕES

Pe Lanza - Gosto muito do Michael Jackson pelo fato como ele tentou ajudar as pessoas e como ele tratava o mundo de uma maneira diferente, além, claro, de ser um músico excepcional. Acho que ele sentia a música. Vi uns documentários que falavam que cada elemento que tinha na música ele sentia e fazia um gesto com o corpo quando dançava. Esse jeito de sentir e cantar era diferente. Mas eu gosto muito do Guns N' Roses também. Era uma banda que, quando eu assistia, me dava uma espécie de medo. Eu gostava daquilo, gostava daquela sensação, os caras dominam mesmo. Para eles era: "A gente está aqui. A gente manda", impunha respeito mesmo. O Axl Rose para mim, desde muito pequeno, quando eu tinha uns 3 anos, era um ídolo: eu amarrava a bandana, eu era pequeninho e pegava o cabo de vassoura e ficava dançando – tem até vídeo disso. Foi uma banda que me inspirou pra caramba.

Pe Lu - Eu sou muito fã do John Mayer, pra mim ele é o cara. Lembro, quando eu era moleque, o meu pai e a minha mãe me mostrando um vídeo do Jimi Hendrix tocando no Woodstock. Aquilo mudou a minha vida. Depois, eu conheci o Still Reivor e isso foi um baque. Aí eu conheci o John Mayer, que acho que também entra na linha desses guitarristas que eu gosto muito. Ele é especial, para mim, é o melhor compositor que tem na atualidade e, pelo *feeling* que ele tem, um dos melhores guitarristas. Eu sou muito fã, tenho até uma *tattoo* de uma música dele. Eu e o Koba chegamos a meio que fechar uma viagem para New Orleans para ver um show dele – porque ele passou um ano com câncer na garganta e era o primeiro show depois que ele tinha se recuperado. Compramos o ingresso para o show daqui mesmo. Mas, quando a gente estava comprando a passagem, ele cancelou a turnê do ano inteiro porque o negócio na garganta tinha voltado. Sou louco por esse cara e gosto muito da banda também. Mas a banda da minha vida é Oasis, que acabou, mas também sou muito fã deles. Eles já fizeram alguns shows aqui, eu fui no de 2010 e eu acho que eles tocaram aqui também em 2006. O de 2010 foi no estacionamento do Anhembi e também foi uma parada sensacional, quer dizer, um dos dois shows que mudaram a minha vida: este do Oasis e o do Aerosmith.

Pe Lanza - Nossa! Esse também mudou a minha.

Pe Lu - Foi no Morumbi, eu nem conhecia tanto assim, mas assistir aquilo foi... nossa! É uma experiência espiritual ir ao show.

Pe Lanza - São telões gigantescos no meio do palco e dos lados, a introdução dos caras é uma aula de rock e você vê que cada coisa que o cara canta na música é sincronizado com as luzes e a pirotecnia. Foi o melhor show que eu fui na vida, disparado.

Thomas - Tem um cara que eu gosto muito, desde pivete, que é o Dave Grohl, eu sempre gostei do Nirvana, mas aí o Dave fez uma parada tão interessante. Eu tive a oportunidade de assistir ao show do Foo Fighters que, para mim, foi um dos melhores da minha vida. Eu estava muito longe, mas mesmo assim foi sensacional. O cara saiu da bateria, foi para a guitarra e começou a compor... é um cara incrível.

Pe Lu - É que o sonho do Thomas é cantar.

Thomas - Não, não é isso, é que a gente já passou por várias formações na banda. *A priori*, eu não queria ser baterista, não queria ficar lá atrás, mas agora eu curto pra caramba. Antes eu tocava guitarra, mas hoje em dia eu me sinto bem lá atrás, e consegui achar uma identidade legal. Eu já escutei de tudo e gostei muito do Bob Marley. Tem um CD que só eu tinha, quer dizer, não somente eu, mas poucas pessoas tinham, era um CD muito antigo, o *The Wailers*, que eu escutava demais. É um cara sensacional e, se eu ainda pudesse ir ao show dele, seria demais!

Koba - Eu tô com vocês. O Guns foi, sem dúvida, uma inspiração. Eu comecei a tocar guitarra mesmo por causa do Slash, por quem eu era fanático. Eu ficava dublando ele e nem sabia tocar direito. Mas tem muita coisa que ainda tem entrado para as minhas linhas de guitarra que é do Slash. Tem também o John Mayer, de quem eu sou muito fã e que praticamente mudou meu jeito de escutar música e de compor. Eu fui recentemente, com a minha mãe, a um show do Roger Waters. O Pink Floyd foi uma banda que eu escutei muito quando eu era pequeno porque a minha mãe gostava muito, ela tinha a discografia inteira. Eu escutava muito, muito, muito e fui com ela ao show do Roger Waters, dei o ingresso de presente de aniversário para ela e, com certeza, esse foi o melhor show que eu já fui na minha vida, o cara é um *showman*. Ele não me traz muitas coisas especificamente para o que eu faço, mas foi um cara que eu escutei durante muito tempo, na minha adolescência e infância.

Thomas - Antes de a gente estourar com a Restart, a gente ia muito nos shows do NX Zero, da cena *underground*, do pessoal que tocava nessa cena em São Paulo. Então não só o NX Zero, mas o For Fun, o Houdini eram bandas que tocavam quando a gente tinha 12, 13 anos, quando nosso rolé era assistir aos shows e ia para o Hangar 110, ia pra Tribe House e pro Black Jack, que eram pequenos para 400 pessoas, mas era onde todo mundo se encontrava para assistir aos shows das bandas que a galera gostava. Essas bandas marcaram a nossa trajetória como músicos.

HERO
TO
VILLAIN

Pe Lanza - As pessoas falam que você pega muita mulher porque você é famoso, mas não ajuda em nada. não. Se, por exemplo, você chega na menina querendo conhecer ela ou se gabando: "Oi, tudo bem? Eu sou da Restart", acho que ela vai ficar mais enojada. Lógico que a gente conheceu muita gente, muitas meninas, muitas pessoas. porque a gente ficou famoso. mas acho que não é só uma questão disso.

Koba - Depende do que você quer. Tem gente que é interesseira e que quer ficar com você só porque vai tirar uma foto e vai aparecer em algum lugar – e tem um monte que é assim. Quando você está em uma fase sem muito compromisso, aí claro que conta ser da Restart, porque você encontra muita gente também nessa mesma *vibe*, que quer pegar um famoso e quer aparecer. Tem momentos que isso é legal,mas eu particularmente não gosto, se eu vejo que a mina está ficando só porque quer aparecer eu já saio fora.

Pe Lu - Eu não sei, sou meio tranquilo e gosto muito da parte do conquistar, sempre, mais do que só ficar, só o lance físico. O bom é a conquista, você levar para jantar, conversar e conhecer a pessoa, eu acho isso mais legal. Assim como você, Thomas, bem parecido, né?

Koba - O Thomas utiliza bem do posto dele. Do posto de baterista.

Thomas - Não, eu sou tranquilo, gosto também de ficar tranquilo, é que faz tempo que eu não fico. Faz uns cinco anos já, mas eu gosto, muitas vezes, de ficar de boa. Mas eu não sou muito romântico. Quer dizer, quando eu estou gostando, eu até sou, mas é difícil eu gostar.

PAQUERA

Pe Lanza - É engraçado, porque algumas meninas que não quiseram ficar com a gente na época da escola, já quiseram depois da Restart. Mas aí, do mesmo jeito que ela deu um fora e esnobou, a gente deu um beijo e esnobou. E não se trata de devolver na mesma moeda, mas você percebe que é um interesse. Então a gente é amigo, mas rola uma brincadeira só e nada demais. Mesmo porque, se não deu certo naquela época, muitas vezes não é para ser e não foi tão intenso assim.

Thomas - Vida normal também na paquera.

Koba - Acho que, agora, a gente já acostumou. No começo, como era tudo novo, a gente ficou um pouco assustado, não conhecia, não sabia como tudo funcionava, mas agora a gente já está há três anos, quase quatro, nesse ritmo. Já deu tempo de assimilar todas as coisas,

conciliar com todo o resto, saber que é legal. Então, hoje a gente sai normalmente, já tem mais cabeça. Deu para todo mundo assimilar todo esse momento, toda essa loucura que é. Está mais acostumado com o que mudou e tem coisas que continuam acontecendo do mesmo jeito. A gente gosta de fazer coisas que nos deixa próximos da realidade de todo mundo. Eu sempre vou ao mercado e faço as minhas compras. Acho que é legal fazer essas coisas como todo mundo faz, como pessoas normais. Então, a gente faz as coisas normalmente.

Thomas - Faz cinco ou seis meses que eu tô morando sozinho.

Pe Lu - Pra mim, vai fazer um ano agora.

Pe Lanza - E eu vou mudar só ano que vem. Meu apartamento ainda não está pronto.

DO QUE SENTIMOS FALTA

Thomas - Sentimos muita falta da família. Sinto bastante falta da minha mãe, do meu pai... E dos amigos também. Às vezes é bom você ficar em casa e chamar os amigos. Agora que a gente está morando sozinho, principalmente. Eu nunca fico sozinho em casa, sempre tem um amigo lá.

Koba - Quando a gente viajava tanto assim, a primeira coisa que eu fazia era ver meus pais, o que eu mais queria quando a gente chegava em São Paulo era ver eles. É a coisa que a gente mais sente falta.

Pe Lu - Éramos adolescentes, a gente tinha acabado de se formar no colégio. A gente tinha aquela vidinha boa: ia para o colégio, voltava para casa, saía com os amigos no final de semana. E, de repente, foi meio que um tiro para o alto. A gente lançou o CD no final de 2009 e, em 2010, a gente começou a viajar. Quando a gente viu, já não estava mais voltando para casa e não via nossa mãe.

VIAGENS

DE MALAS PRONTAS

Pe Lu - Eu estou aprendendo a fazer malas menores, estou muito feliz com isso. Depois de três anos viajando eu já sei quantas camisetas eu uso. Antes eu levava muita coisa. Usava duas camisetas e trazia tudo de volta. O que não pode faltar é um negócio para entrar na internet, para distrair no computador, um Nintendo DS para jogar Mario.

Thomas - Antigamente, a gente levava Xbox para distrair um pouco. A gente era doidão. A gente ficava muito tempo viajando.

Thomas - A gente ficava muitos dias direto na turnê, a gente ficava geralmente cinco dias. A mala era o armário.

Koba - Teve um mês que a gente ficou uns 20 dias viajando, voltou, ficou dois dias em casa, e viajamos mais 15 dias. 2010 foi um ano em que a gente viajou bastante. Passamos um ano inteiro na estrada.

Koba - A gente passava muito pouco tempo em casa. A gente nem morava sozinho ainda. Eu lembro que eu levava tudo que podia me deixar um pouquinho mais em casa. Levava aparelho de som, levava tudo para a estrada. É sempre uma correria. Sai de um show, entra no ônibus, pega estrada. Chega na cidade, vai para o hotel, entrevista, coletiva, depois vai para o show, sai do show, vai para o ônibus...

Pe Lanza - Lembro que os seguranças saíam do ônibus com as guitarrinhas do *Guitar Hero*. Muito engraçado. A gente levava tudo. O que não pode faltar para mim é o computador, para acessar a internet, Facebook... Para passar o tempo.

Koba - A gente fica muito tempo no nosso ônibus. Então, ele acabou virando a nossa casa. Tinha um monte de travesseiro nosso. A gente levou nossas roupas de cama para o ônibus, videogame, filme... A gente passava quase que um mês inteiro no ônibus viajando. Havia muita coisa pra gente ter o que fazer — eram 12 horas viajando no ônibus.

Pe Lu - 12? A gente já ficou 20 horas.

APRENDENDO

Pe Lu - Parece besteira, mas antes a gente tinha uma rotina e, quando começou a viajar, mudou completamente. Nas viagens, não tinha mais aquele negócio de chegar em casa e ter comida pronta, almoço e janta, tudo certinho. De repente, a gente teve que aprender a comer, ter um horário, não comer só porcaria... se controlar pra não ficar indo em festa todo dia — porque isso acaba ficando normal, a gente conhece muita gente, fica uma galera na porta do hotel, não só menina. E a gente não podia se descontrolar, porque no outro dia ia acordar cedo, cantar, gravar. Agora a gente continua viajando pra

A VIAJAR

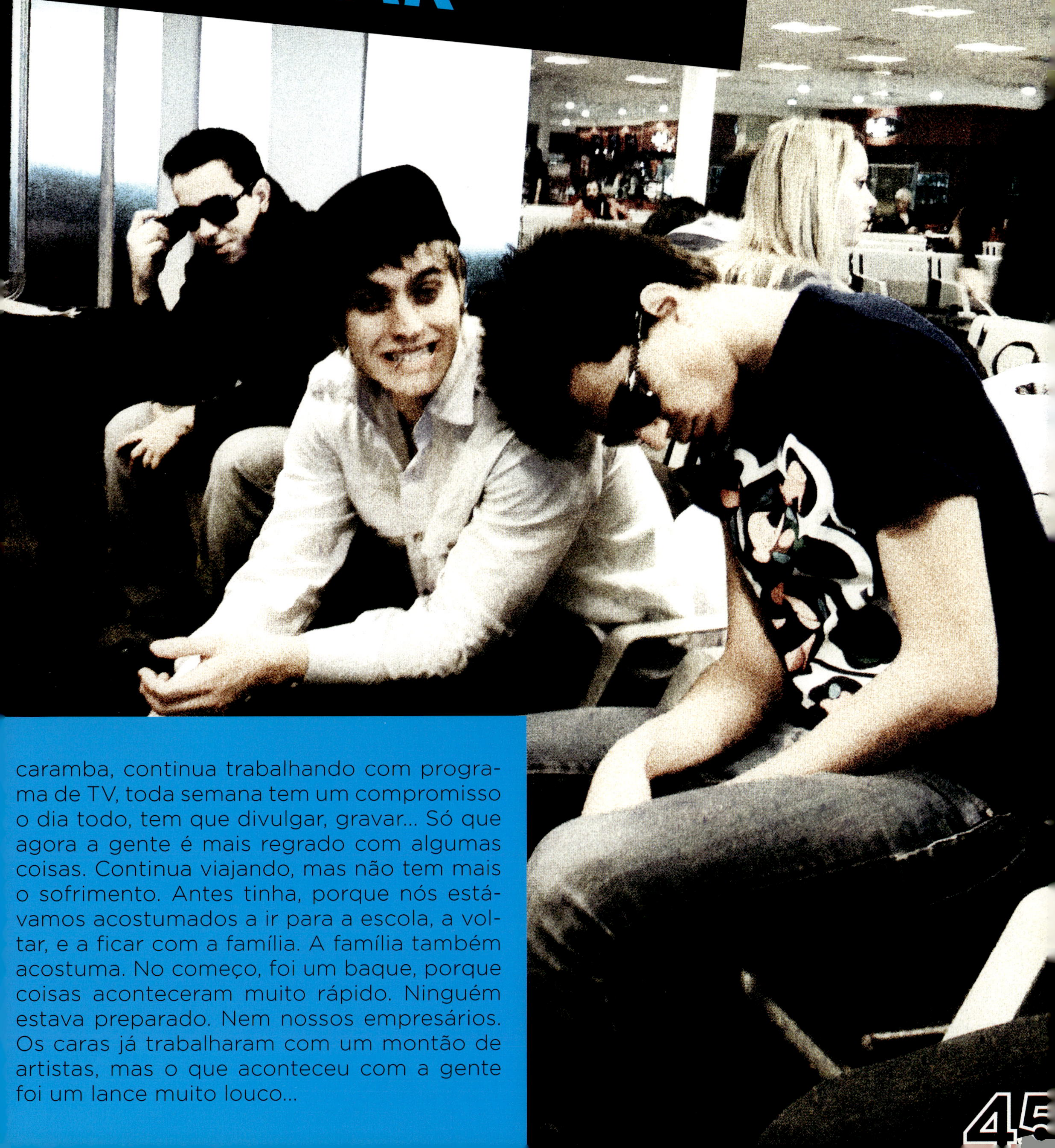

caramba, continua trabalhando com programa de TV, toda semana tem um compromisso o dia todo, tem que divulgar, gravar... Só que agora a gente é mais regrado com algumas coisas. Continua viajando, mas não tem mais o sofrimento. Antes tinha, porque nós estávamos acostumados a ir para a escola, a voltar, e a ficar com a família. A família também acostuma. No começo, foi um baque, porque coisas aconteceram muito rápido. Ninguém estava preparado. Nem nossos empresários. Os caras já trabalharam com um montão de artistas, mas o que aconteceu com a gente foi um lance muito louco...

Thomas - Sem contar os imprevistos, Pe Lanza teve caxumba, pedra no rim duas vezes, dengue... e aí ficou sem poder ir a show...

Koba - Foi tudo muito novo. A gente tinha entre 16 e 17 anos e, de um dia para o outro, o nosso mundo acabou virando de cabeça para baixo.

Thomas - No fim de 2010, a gente estava meio louco, porque voltava de viagem segunda, fazia dez capas de revista, todos os dias dando entrevistas, gravando programa de TV e viagem de novo. Então, no final do ano, a gente estava meio louco. A gente queria pegar uns dez dias e sumir um pouco. No fim de 2010, a gente pegou dez dias de férias e cada um foi para um sítio no meio do nada, sem nada, e ficamos isolados. Depois disso, voltamos no gás também, tranquilo. Só para dar uma descansada.

Pe Lanza - Para as turnês na Argentina e no México, nós estudamos espanhol. Na verdade, aprofundamos um pouco o que tínhamos visto nas aulas da escola. A gente teve umas dez aulas antes, mas isso da primeira vez. O que você aprende na aula é muito pouco perto do que você aprende conversando... você tem que comer e quer comprar alguma coisa, alguma roupa. Então... você aprende na marra lá mesmo.

ESTADOS UNIDOS

Pe Lu - Em Hollywood, a gente gravou um vídeo nosso tocando a música de trabalho. Isso aqui foi histórico para nós. Fomos lá em um dia de folga, e foi muito legal porque uma amiga é fotógrafa e tirou várias fotos. A gente pediu para ela ajudar a gente porque queria gravar alguma coisa lá no Hollywood Sign.

Koba - A gente queria muito gravar, fotografar, tocar no Hollywood Sign. Aí, aproveitou um dia de folga e fez tudo isso!

MÉXICO

Pe Lanza - Esta foto *(pg. 26)* foi no México, no Xochimilco, onde ficam os mariachis tocando os barquinhos. Foi a última vez que a gente foi para o México. Nossa, você está com uma cara de matador, velho.

Pe Lu - Nossa que foto bonita, olha isso aqui, velho. Gravamos um programa nesse barquinho.

Koba - E o Thomas, com esse coelho na cabeça? Ele é idiota.

Thomas - Tinha essa cara do coelho, nem sei o que tava fazendo lá, então coloquei na cabeça.

Pe Lu - Tem umas fotos legais aqui, essa está bonita. Está linda essa, foi na frente do teatro nacional no México, onde cabem umas 10 mil pessoas.

Koba - E aqui a promoção que a gente fez com as fãs, que iam dar um passeio com a gente na cidade. Essas são as fãs que ganharam a promoção e esse aqui é o Hector, o segurança de lá *(foto pg. 59)*.

Radio Disney

JUNTOS
¡Por primera vez en vivo!
Radio Disney
REIK
CARLOS BAUTE
ROCK BONES
RESTART
TAN BIONICA

ARGENTINA

Pe Lanza - Esse aqui foi em Pinamar, na Argentina, e foi um show que a gente fez na praia. Foi legal pra caramba e foi, inclusive, patrocinado pela Movistar. Foi diferente porque era um show menor e a gente viajou sem equipe.

FÃS PELO MUNDO

Koba - As fãs de fora têm uma reação diferente das fãs do Brasil, porque a gente está sempre muito distante delas. Então, quando a gente chega nos aeroportos, todas as vezes que vai para a Argentina e para o México, é uma coisa muito eufórica. Elas veem a gente como a gente vê um artista que Qé de outro país, é uma coisa muito distante. Quando vem um artista para cá todo mundo quer ver porque sabe que não vai encontrar ele na rua aqui. Acontece a mesma coisa lá e as fãs piram muito, têm um monte de revistas com a gente... Chegar nos aeroportos e ser recebido assim é demais.

UM POUCO MAIS DE RESTART

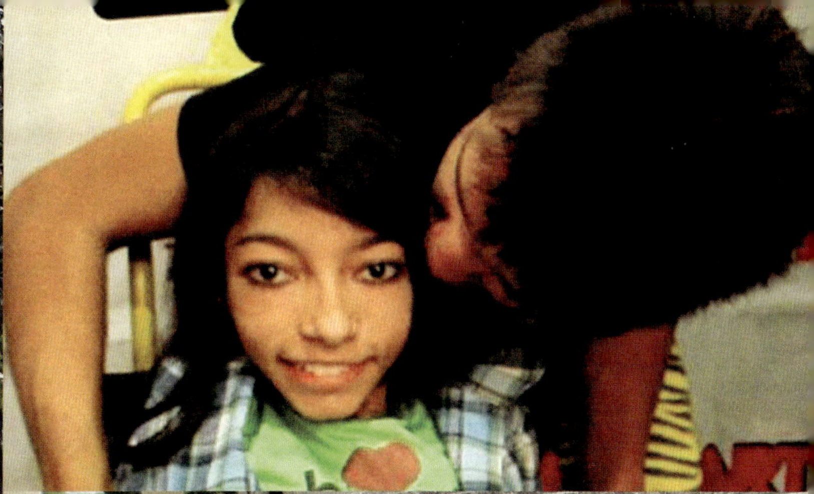

RESTART

PARA QUEM ESTÁ COMEÇANDO

Thomas - Para quem tá começando, quem pensa que um dia pode fazer sucesso, ser reconhecido, é o seguinte: não desiste.

Pe Lanza - Não desiste. Porque muita gente vai falar que você não é capaz e que você não consegue, que é um em um milhão – o que eu já não ouvi de "é um em um milhão"... Então, poxa, se é um em um milhão, eu sou esse um. É só isso que sei fazer, então eu quero apostar, eu acredito que vai dar certo. O negócio é nunca desistir porque é difícil, é chato e tem hora que você toma tapa na cara, que você pega umas pedreiras, não tem dinheiro para comer e não tem nada na estrada, mas o importante é que você está ali porque você ama o que você faz.

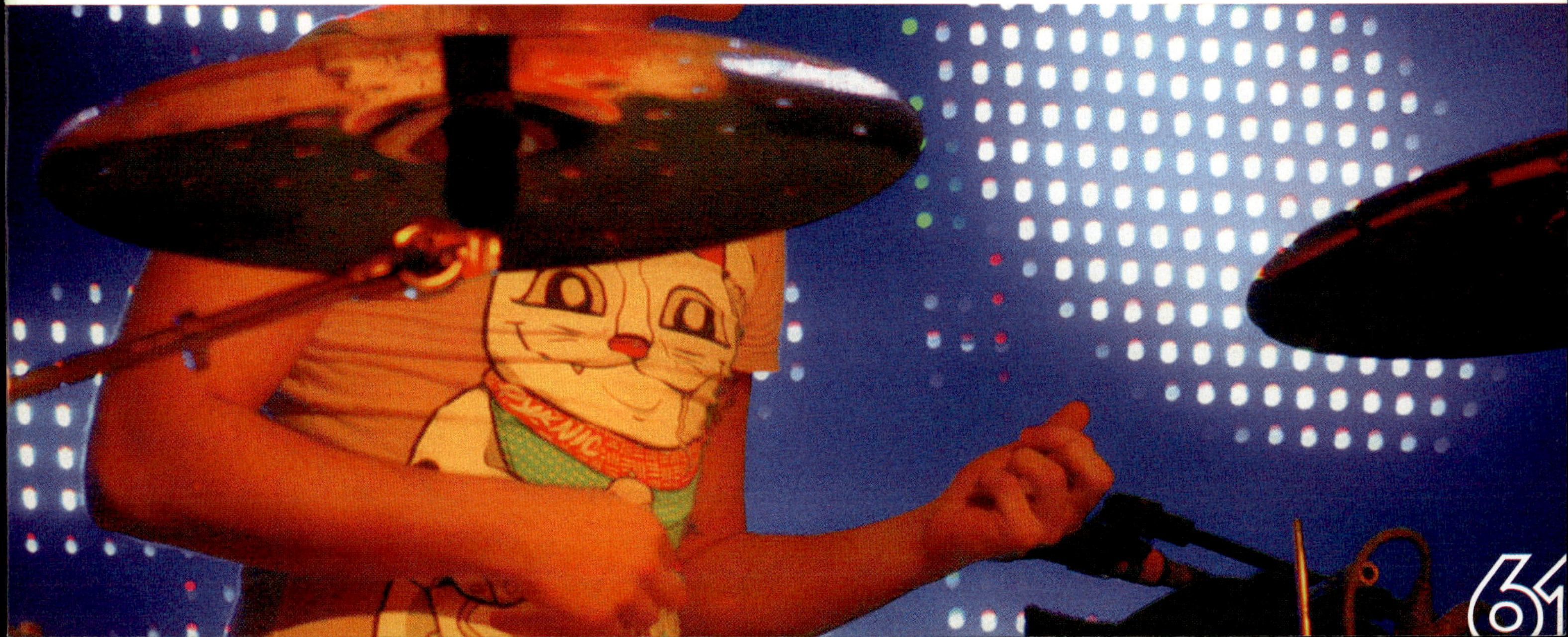

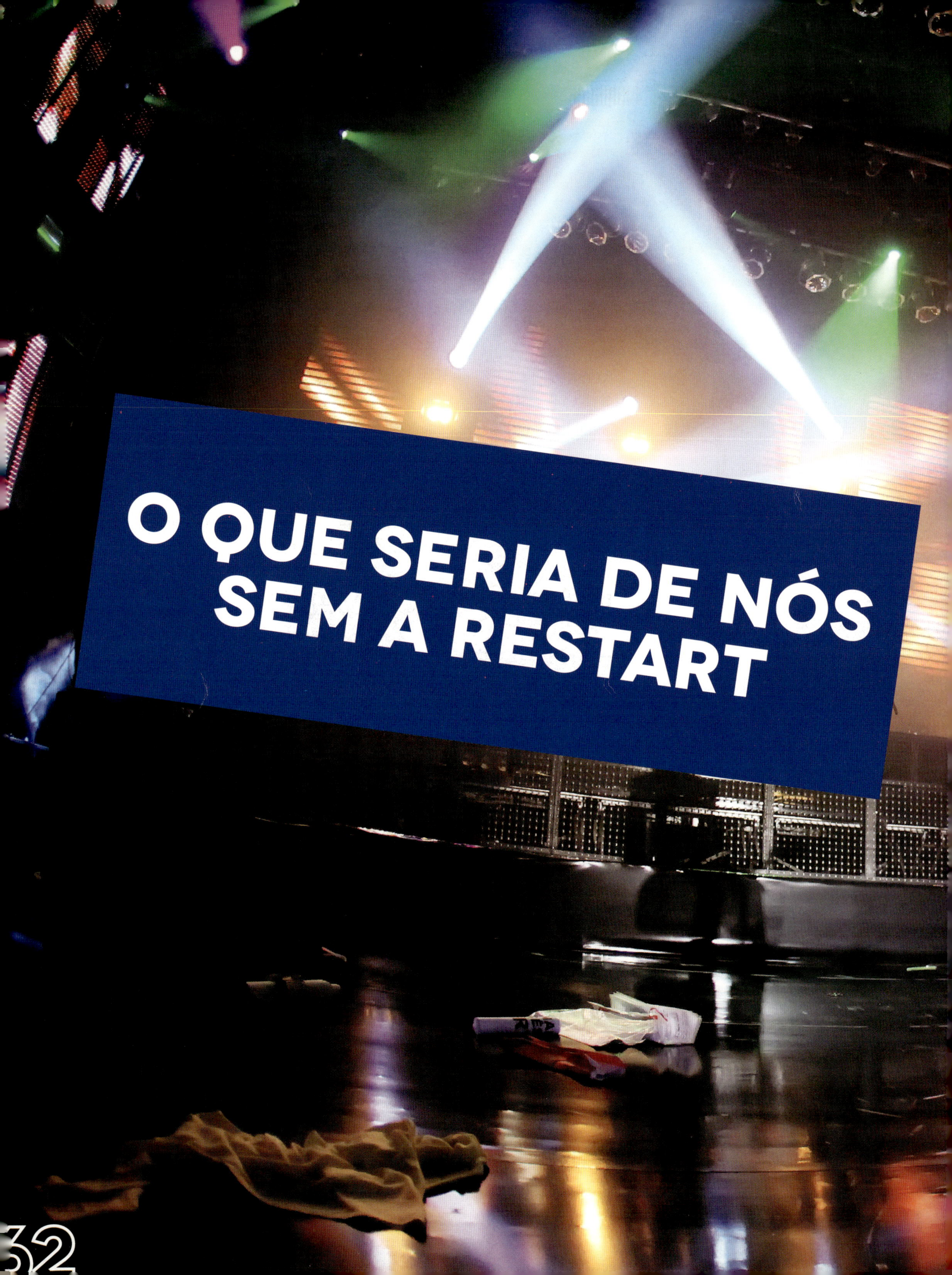

O QUE SERIA DE NÓS SEM A RESTART

Thomas - Não sei o que eu faria se não fosse a Restart.

Koba - Eu, particularmente, gosto de desenhar. Então, desde pequeno, fora a música, foi uma das coisas que eu sempre quis fazer. Acho que seguiria isso e tenho muita vontade de fazer uma faculdade de arquitetura. Não sei nem se trabalharia com isso, mas eu queria conhecer. De qualquer jeito, acho que eu ia colocar a música na minha vida, mesmo se eu trabalhasse em alguma outra coisa.

Pe Lanza - Eu seria astronauta! Eu não sei, como eu comecei na música muito cedo eu não sei o que eu faria. Eu tinha uma pilha, quando era criança, de virar astronauta. Por outro lado, sempre gostei, principalmente agora que a gente está com esse lance de programa de televisão, desde pequenininho eu tinha um sonho de aparecer na televisão. Então, sei lá, acho que faria cursos e algumas coisas de dramaturgia, alguma parada assim, porque era o meu sonho de criança e daí comecei a tocar muito novo.

Pe Lu - Eu ainda quero fazer uma faculdade de publicidade, de marketing. Eu gosto muito dessa parte criativa das coisas, de você criar uma campanha. Hoje em dia ainda tem esse lance das mídias sociais, eu piro muito nessa *vibe* de agência. Acho que seguiria por esse lado, talvez relacionado com música. Até comecei a fazer a faculdade de produção musical porque eu queria trabalhar com *jingle*. É um negócio que eu piro muito ainda, que eu tenho vontade de fazer.

Thomas - Eu sempre gostei de cozinhar. Agora o tempo está mais tenso, mas eu estou para fazer um curso para virar chef. As aulas são de terça e quinta, estou vendo e já estou esquematizando. Eu sempre tive essa piração, mas acho que faria alguma coisa relacionada à música, de qualquer jeito. Ia fazer uma produção ou ia querer me jogar lá para fora e estudar para voltar para cá... Alguma coisa relacionada à produção e mixagem, e virar um cara que saiba gravar. Na real, eu sempre quis virar maestro, mas isso aí vai demorar um pouco e tem que ir lá fora e estudar muito para poder se tornar um maestro. Não é uma coisa tão simples, mas acho que eu faria algo que envolvesse ou música ou culinária, porque é o que eu gosto.